COUP D'OEIL HÉ

SUR LES RELATIONS PROBABLES ENTRE LES DIFFÉRENTES MAISON DU NOM

DE FOUCAULT

PAR

F. F. DES DAUGNON

Vice Président de l'Accademie Héraldique italienne

PRÉSIDENT D' HONNEUR DE L'ACCADÉMIE FRANÇAISE CHRISTOPH COLOMB

Membre de droit de plurieurs societé savantes d'Europe

ec. ec. ec.

PISE

MDCCCLXXV.

COUP D'OEIL HÉRALDIQUE

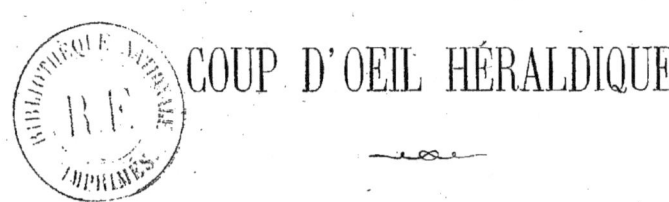

COUP D'OEIL HÉRALDIQUE

SUR LES RELATIONS PROBABLES ENTRE LES DIFFÉRENTES MAISON DU NOM

DE FOUCAULT

PAR

F. F. DES DAUGNON

Vice Président de l'Accadémie Héraldique italienne

PRÉSIDENT D' HONNEUR DE L'ACCADÉMIE FRANÇAISE CHRISTOPH COLOMB

Membre de droit de plurieurs societé savantes d'Europe

ec. ec. ec.

PISE

MDCCCLXXV.

Rocca S. Casciano — Tip. Cappelli.

I.

Les Foucauld-Lardimalie et les Foucaud de Saint-Martial.

Les historiens et les chroniqueurs ont enregistré, depuis le Xme siècle, le nom de Foucault, Foucaud, Foucauld et Fulcaud qu' ont porté de nobles et puissants chevaliers. Ce nom a été retrouvé parmi les chartes déposées dans plusieurs archives de France; en outre, des documents latins reproduits par divers écrivains, le citent sous celui de *Fulcaudus* (1).

Les recherches que nous avons faites à ce sujet nous ont convaincu que, malgré la confusion amenée par une orthographie présentée sous quatre formes différentes, le nom dont il s'agit se rattache à une même famille dont les branches, à la suite des temps, et de génération en génération, se séparant, se morcelant, se sont répandues dans toute la France et même à l'étranger. (2)

La question généalogique, après tant de siècles écoulés, est assez difficile à résoudre, d'autant plus que le père Anselme, Clabaud, Lachenais-Desbois et tant d'autres savants généalogistes se sont bornés à nous décrire certaines branches sans établir (leur sujet ne le comportait pas) les relations de toutes les autres.

Nous n'essayerons donc point d'approfondir cette question: nous ferons toutefois connaître l'opinion de plusieurs auteurs sur la parenté existant entre les dites familles.

M^r. le chevalier de Courcelles, dans son histoire généalogiques et héraldique des maisons princières de l'Europe (3), nous donne la généalogie de la maison de Foucaud, seigneurs de Saint-Martial, Barons de Brens, Vicomtes de Saint-Girons, Comtes de Foucaud, ecc.... en Languedoc: cette famille porte écartelé, au 1er et 4me d'azur, au lion d'or, au chef du même chargé de trois molettes d'éperon de sable, qui est de Foucaud; au 2me et 3me d'argent, à trois pals de gueules, qui est d'Aure: — couronne de marquis — supports deux lions.

Au début de son récit, Mr de Courcelles, imitant ses devanciers, constate que le nom de Foucaud est orthographié Folcaudus dans les titres latins et les anciens auteurs. Cette remarque du généalogiste honoraire du roi nous sera plus tard d'un grand secours pour développer nôtre opinion.

M^r. de Courcelles nous apprend ensuite que suivant une tradition accreditée dans la maison des Foucaud de Saint-Martial, cette famille est une branche des Foucauld-Lardimalie en Périgord, et qu'elle en a conservé les armes avec un chef pour brisure. Les Foucauld-Lardimalie portent en effet d'azur au lion d'or.

« Il y a peu d'apparence » continue l'auteur, « qu'on puisse découvrir des titres assez anciens pour établir la jonction des deux tiges et préciser l'époque de l'arrivée des Foucaud du Languedoc dans le Périgord. Néanmoins cette présomption de communauté d'origine existe depuis longtemps dans les deux familles et toutes deux sont également illustres par leur ancienneté, leurs emplois et les belles alliances qu'elles ont contractées. »

Les documents, en effet, nous manquent, mais le nom et les armes ne nous autorisent-ils pas à penser que ces deux maisons, nobles, riches, puissantes au même titre, qui n'avaient aucun intérêt à rechercher entre elles une alliance pour obtenir un nouvel éclat, avaient le droit d'émettre des pretentions à une même origine ?......

Ne nous arrêtons point à la différence entre les noms de Foucaud de Saint-Martial en Languedoc et Foucauld-Lardimalie en Périgord. Il nous serait aussi difficile de l'expliquer que de dire pourquoi l'abbé Ratier appelle *Foucauld* les marquis de Saint-Germain Beaupré tandis que le père Anselme, et autres auteurs, écrivent ce nom avec un *t* au lieu d'un *d*; pourquoi Jean

---

(1) *Fulcaudus de Sancto Germano Miles* — Le père Anselme cite un document déposé dans le trésor de l'abbaye de Grandmond (1246.) où il est question d'un chevalier de Saint-Germain appelé Fulcaudus.

(2) On prétend que Thomas Foucaud, fils de Guillaume 1er du nom, Seigneur de Saint-Martial, mourut à Gênes et laissa une nombreuse postérité (siècle XIV). *De Courcelles Généalogie de la Maison de Foucaud de Saint-Martial.* Dans l'époque de la terreur, Michel Foucault (de la branche des Comtes du Daugnon) se sauva en Italie avec sa famille. pour échapper aux persécutions des républicains. — Il avait épousée Marie Niel de Saint Paul. Ses descendants vivent toujours à Naples en Toscane et à Toulon.

(3) Généalogie de la Maison de Foucaud, extraite du tome IX de l'histoire généalogique et héraldique des pairs de France ec. ec. par M. le chev. de Courcelles — Paris de Plassan 1828.

Foucaud, un des principaux barons de l'armée de Simon de Monfort dans la guerre des Albigeois et que Vaissette dans son histoire générale du Languedoc, nomme *Foucaud de Brigier*, se trouve dans l'arbre généalogique de la maison Foucaud de Saint-Martial; pourquoi enfin Curmer, Palliot, Wulson de la Colombière, d'Hozier et autres, en parlant des Comtes du Daugnon, branche des Foucault seigneurs de Saint-Germain Beaupré, ont écrit *d'Oignon, Dognon, d'Ognon, Daugnon, et d'Augnon.*

Les Seratico de Verone, descendant de Dante Allighieri, s'appellent aujourd'hui Comtes Serego; ils abitent Venise. La maison Contarini, qui figure dans les plus belles pages de l'histoire de cette République, descendait de Cotta Reno — Alvise le plus illustre des négociateurs de la paix de Westphalie appartenait à cette famille — Comtes du Rhin d'abord, ensuite Contareno, on ne les connaît plus que sous le nom de Contarini. Ainsi on a transformé: Pramer ou Prymer Hans, officier de Barberousse, en Prameran et Primerano: un Castruccio degli Antelminelli en Castracani degl'Interminelli.

II.
Les Foucault de Saint-Germain-Beaupré et les Laroche-Foucauld.

L'ouvrage de l'abbé Ratier « Le château de Saint-Germain-Beaupré » (1) nous fournit sur les relation des Foucauld-Lardimalie avec les Saint-Germain et les Laroche-Foucauld, des renseignements puisés dans de nombreux et sérieux documents que l'auteur a découverts dans les ruines de cet antique manoir.

Les premières pages de ce volume ont trait à l'origine des Foucauld de Saint-Germain, les quels provenaient du Périgord et descendaient « de Gosselin fils de Guillaume Fier-à-Bras et frère de Guillaume V, tous deux ducs de Guienne où leur maison était souveraine. Le lion que ces ducs portaient dans leurs armes confirme cette opinion. »

Voici donc un écrivain qui, sans être héraldiste, s'appuie sur les armoiries des deux familles pour justifier son affirmation généalogique.

Avant de nous étendre sur cette considération héraldique d'un grand intérêt, suivons l'abbé Ratier dans ses savantes recherches sur la parenté des Saint-Germain.

Les Laroche-Foucauld, nous dit-il, *n ont*

pas une origine différente, et (selon Clabaud) *un Foucauld seigneur de Laroche ou de la Roche,* (1) *fut en si grande réputation de sagesse et de bravoure au Xme siècle, que sa maison, depuis, a tenu d honneur de porter ce surnom* (2). *Ces deux noms Foucauld de Laroche, où Laroche Foucauld, furent, dans le principe, communs aux deux familles comme ayant même origine — Ce ne fut qu'assez longtemps après qu'un menbre de la famille prit le nom de Laroche-Foucauld, pour se distinguer des autres seigneurs ses parents, qui portaient le nom simple de Foucauld.*

Les rois de France, dans l'intimité surtout, parlant aux Laroche, n'employaient que le nom primitif des Foucauld.

Les alliances des Laroche-Foucauld et leur origine ne peuvent être révoquées en doute, puisque les généalogistes sont tous d'accord sur ce point. Nous ferons remarquer cependant que l'abbé Ratier, avant de s'occuper de l'histoire sommaire des Saint-Germain-Beaupré et de leur filiation, parle, dans des notices complémentaires, des Foucauld de Périgord d'où sont descendus les Saint-Germain et les Lardimalie.

La généalogie générale de ces seigneurs ne remonte guère au de là du Xme siècle, avec documents, mais on raconte aussi, qu'un Foucauld ou Fucald (3) officier de Pépin-le-Bref (750) jeta les fondements de l'antique castel de Saint-Germain, à l'extrémité septentrionale d'une longue vallée de la Haute Marche, entre la vieille cité de la Souteraine et les ruines féodales de Crozant.

Le premier des Foucauld (4) vivait du temps du roi Robert et de Hilduin, évêque de Limoges vers l'an 1000. Il donna à l'église Saint-Pierre du Dorat, pour le repos de

(1) Le Château de Saint-Germain-Beaupré (Creuse) Les Foucauld, Généalogie et légendes, par l'abbé Paul Ratier. Limoges Ducourtieux 1862.

(1) Nous avons en effet trouvé ce nom écrit de deux manières. Dans la généalogie de la maison de Bastard, originaire du comté nantais, existant encore en Gujenne, au Maine, en Bretagne et en Devonshire(*Paris — Imprimerie Schneider*, 1847) le nom de la Rochefoucauld est écrit avec le т (pag. 497). Entre les alliances contractées par les différentes membre de la famille Bastard, plusieurs fois on rencontre le nom des Foucault (pag. 91, 140, 228). Voir aussi l'ouvrage de M.r de Vallemont. *Tom. 1. Paris — Annisson MDCCI, pag.* 363 *et* 402, les blasons et planches des Larochefoucault et du Grand Veneur de France, François, Duc de la Rochefoucault.

(2) « Le nom de Laroche, joint au nom de famille, « se trouve souvent employé. Qui ne connaît les Laroche-« Foucauld, les Laroche-Aymond, les Laroches-Ber-« nard et tant d'autres? Dans l'intérieur du parc de « Saint-Germain, tout près des promenades, était une « magnifique ferme dans le site le plus gracieux, qui « a porté de tout temps le nom de Laroche-du-Parc » Note de l'abbé Ratier (pag. 11.)

(3) L'abbé Ratier pag. 8.

(4) Ratier pag. 13

l'âme de son frère Guérin, douze deniers de revenu sur le moulin de Villepontais « Son « fils Hugues, seigneur de Corniac et d'Issi- « deuil épousa Guimeld, de la maison des « vicomtes de Limoges. Hélie hérita de la « seigneurie de son père, qu'il laissa à Gé- « rald Foucauld son fils. » (1)

Celui-ci devint le gendre de Bozon, vi- comte de Turenne (1074) tandis que son frè- re Hugues recevait en apanage la terre de Saint-Germain-Beaupré dans la Marche.

Hugues Foucauld fut le chef de la bran- che des Saint-Germain, comme plus tard Ad- hémar Foucauld fut le premier des sei- gneurs de Bré, et Bertrand Foucauld ayant épousé en deuxièmes noces Alix de Lardima- lie (après 1318) son fils Amblar Foucauld a- jouta à ce nom celui de Seigneur de Lardi- malie.

III.
Sceaux et armoiries.

Le sceau du petit-fils d'Amblar Foucauld- Lardimalie représentait un lion, emblème que les Lardimalie ont toujours respecté. D'après le père Anselme, qui s'est occupé de la généalogie des Saint-Germain, le sceau de W. Foucault, chevalier qui approuva avec Bozon, frère du Comte de la Marche, une donation faite par Jordain chevalier de la Bussière, au prieuré de Grandemont (Janvier 1232) portait trois fleurs de lys.

Hugues Foucault devenu Seigneur de Saint- Germain, abandonna le lion de ses ancêtres pour le remplacer par ces trois fleurs de lys. Était-ce une concession spéciale ou voulait- il adopter les armoiries de l'une de ses ter- res?..... Le père Anselme et l'abbé Ratier, diffèrent d'opinion au sujet de cette armoirie. L'un ne parle que de fleurs de lys, tandis que d'après l'autre l'écusson des Saint-Ger- main était d'azur semé de fleurs de lys d'or —L'opinion du père Anselme est aussi celle de Lachenais-Desbois.

Les descendants de W. Foucault (Guillau- me-Foucault) ne tardèrent pas (nous en igno- rons le motif) à modifier leurs armoiries en augmentant le nombre des fleurs de lys. Guy Foucault, troisième du nom, seigneur de Saint-Germain, Capitaine es-pais de Berry, Auvergne, Bourbonnais et la Marche, portait semé de fleurs de lys brisé d'une bande, et pour cimier une même fleur double et fleurie, avec sa tige (Bibliothèque du Roi, Cabinet de Mr. de Gagnières) (2).

Plusieurs armoriaux et les ouvrages héral- diques de Gelliot, Petra-Sancta, Bouton, d'É- chavannes, attestent que la branche des Saint- Germain a porté de France ancienne, c'est- à-dire d'azur semé de fleurs de lys d'or; mais aucun auteur, pas même l'abbé Ratier, n'est réellement parvenu à se rendre compte de l'origine de cette armoirie. D'après ce der- nier, Guillaume Foucault, un des cinq héros du fameux tournoi de Bordeaux, et son frère Guy, prirent ces armes vers l'an 1398.

Nous trouvons dans le Limousin, la Gui- enne, le Berry, la Bretagne, l'Anjou et au- tres provinces de France, des familles dont le nom de Foucaud est orthographié de la même manière. L'écusson est identique; d'or au lion de gueules. Mr. Jouffroy d'Échavan- nes, quand il énumère, dans son Dictionnaire de la noblesse leurs blasons, nous rappelle leur origine en écrivant FOUCAUD alias FOU- CAULT. Cet auteur cite en outre les armes des Foucault de Pontbriant en Bretagne, dans les quelles figure également un lion d'or (1) accompagné d'autres pièces héraldiques.

Les Foucault de Saint-Germain présen- tent ainsi plusieurs familles du nom de Fou- cauld et Foucault dont les armes ont beau- coup d'analogie. Les Foucault de Quijace por- tent, de leur côté, d'azur comme les Saint-Ger- main avec la seule différence qu'ils ont six fleurs de lys d'or rangées 3, 2, 1, tandis que les premiers ont l'écusson semé de la même fleur. (2) D'autres maisons du même nom ont le champ de sable avec des fleurs de lys sans nombre d'argent; d'autres encore, conservant les émaux, ont chargées les figures ou le champ de chevrons, lambels, bandes par suite de brisures.

N'oublions pas l'importance qu'au moyen- âge on attachait aux distinctions chevale- resques. N'oublions pas non plus que le puî- né ne pouvait prendre l'armoirie patrimonia- le qu'avec une marque, un signe, une brisure. Cette brisure pouvait se faire par le change- ment des émaux en conservant les pièces, par le changement de toutes les pièces en con- servant les émaux, par une nouvelle parti- tition, par une nouvelle écartelure, par des diminutions et par des accroissements des meubles. (3)

---

(1) Hélie Foucauld portait de gueules au lion d'or
(2) Voir la généalogie des Foucault de Saint-Ger- main-Beaupré dans le tome 7 de l'ouvrage généalogi- que du père Anselme.

(1) De sinople au chevron d'or surmonté d'un lion de même accompagné de trois trèfles d'argent — Les différences que nous trouvons dans les armoiries de cette famille ne proviennent-elles pas des brisures en rapport avec les armes des Foucauld-Lardimalie?
(2) Palliot pag. 431 Saint-Germain Vicomte d'Oi- gnon en la Marche; d'azur semé de fleurs de lys d'or au lambel d'argent . . . . Foucault d'azur semé de fleurs de lys d'argent.
(3) G. Eysenbach § XXXVII droit d'aînesse.

Ainsi dans les divers écussons des Foucault, et Foucaud, familles dont la parenté semble aujourd'hui ne plus exister, nous avons observé des altérations, des brisures enfin, qui rappellent les premières armoiries des deux grandes branches — le lion d'or des Lardimalie et les fleurs de lys des Saint-Germain.

Les brisures étaient arbitraires, dit Playne; les formes en étaient variées car chaque famille les appliquait selon sa fantaisie.

Aux XIV et XV siècle, époque romanesque où la moindre circonstance occasionnait un changement d'armoiries, le chevalier transformait son bouclier pour y fixer le souvenir d'un heureux coup de lance, d'un voyage en terre sainte, d'une concession d'un prince suzerain, d'une récompense offerte par la dame et reine de ses pensées. Aux temps des Cours d'amour, des avocats d'armes et des Ménestrels, alors que le droit d'aînesse et les préjugés exerçaient sur l'espèce humaine une si grande influence, le bouclier du chevalier révélait souvent la famille, le grade généalogique, les fiefs, les entreprises militaires et même les sentiments secrets. Quelque fois aussi le changement en était complet, pour répondre aux exigences du porteur.

Jetons un regard sur les brisures introduites dans les armes de la maison de Robert de France, Comte de Dreux, quatrième fils du roi Louis VI, surnommé le Gros. Son écusson était d'azur semé de fleurs de lys d'or brisé d'un franc quartier (des armes d'Agnès Braines sa troisième femme) echiqueté d'or et d'azur à la bordure de gueules. Les brisures et surbrisures qui firent ensuite ses descendants se multiplièrent au point que l'écusson de Louis VI, ancêtre direct des ducs de Dreux, disparut entièrement sous Jacques de Dreux Seigneur de Morainuille qui portait seulement échiqueté d'or et d'azur à la bordure engrelée de gueules, chargée de dix roses d'or (1).

Selon Oronce Finé, Grandmaison, Maigne etc., les ducs de Bourgogne, issus de la maison de France, se contentèrent de garder les émaux des armes pures et pleines des rois de France et portèrent bandé d'or et d'azur de six pièces à la bordure de gueules.

Après cet exposé sommaire, peut-on dire avec certitude que le lion et les fleurs de lys des différentes maisons du nom de Foucault, nous montrent les armes brisées de l'ancienne maison Foucault du Périgord, adoptée par les puinés pour distinguer les branches secondaires?

Rappelons-nous la déclaration de Mr. de Courcelles au sujet de la tradition de communauté d'origine entre les Foucaud de Saint-Martial et les Foucauld-Lardimalie: ajoutons qu'au point de vue héraldique leurs armoiries constatent leur alliance.

Nous avons vu les seigneurs de Saint-Germain remplacer le lion patrimoniale par des fleurs de lys d'or, et sommes-nous également autorisés à croire que les Foucault de Quijace descendent de la même maison, puisqu'il n'existe dans leurs armoiries qu'une brisure de diminution en rapport avec les armes des Saint-Germain?....

Les Foucault de la Géraudie, de la Besse, de la Faye, de Hainay-le château, de la Foucaldie, de Lanteuil, de Rieux, de Vaux-de-Dussac, de Saint-Garmain-Beaupré, de Daugnon, de Pont-briant, descendent tous (les documents le prouvent) de l'ancienne familles des Foucault de Périgord. Ces différentes branches en ont produit bien d'autres que nous ne connaissons point, les généalogistes ne les ayant pas suivies; enfin si nous trouvons le nom de Foucauld et Foucault dans les livres d'or de presque toutes les provinces françaises, avec les armes d'un lion ou de fleurs de lys, ayant égard aux brisures qu'on a dû prendre, ainsi qu'aux altérations dans la lettre finale du nom, faute d'interprétation, pouvons-nous déclarer, sans crainte d'erreur, que les Saint-Martial et les autres familles du Limousin, Bretagne, Anjou etc... qui portaient jadis le nom de Foucault et dans leurs armoiries ont ancore un lion ou les fleurs de lys, descendent de la même souche?.... Qu'il nous soit permis de répondre par l'affirmative, et d'espérer qu'un jour l'héraldique, délaissée depuis longtemps, occupera dans les sciences la place qui lui est due, et que ce faible travail ne sera, peut-être point sans utilité pour les généalogistes.

(1) Palliot pag. 109. Voir aussi Brianville, Maigne et *Dizionario Araldico di Goffredo di Crollalanza* dans le Journal héraldique de Pise 1875 au mot Brisure.

Errata

Le lecteur voudra bien se rappeler, en parcourant cette brochure, qu'elle a été imprimée par des ouvriers typographes italiens comme l'auteur; il sera donc indulgent pour les fautes qu'il y rencontrera.

Couverture et Frontispice			*ligne*	6e	Accadémie Héraldique	*lisez*	Académie Héraldique	
»		»		»	7e	Accadémie Française Chri-stoph Colomb, –	»	Académie Française Christophe Colomb
»		»		»	8e	plurieurs societé	»	plusieurs societés
»		»		»	9e	ec. ec. ec.	»	etc. etc. etc.
Dédicace				»	3e	Accadémie	»	Académie
»	. . . . .			»	7e	Christoph	»	Christophe
Pag. 7.	1e	*colonne*	§. 2.	»	3e	orthographie	»	orthographe
»	»	»	*Note* 2.	»	5e	Dans l'époque	»	À l'époque
»	»	»	»	»	8e	épousée	»	épousé
»	»	»	» 3.	»	1e	Genalogie	»	Généalogie
»	»	»	»	»	3e	ec. ec.	»	etc. etc.
» 8.	»	»	§. 2.	»	3e	abitent	»	habitent
» »	2e	»	» 4.	»	3e	documents,	»	documents;
» »	»	»	*Note* 1.	»	7e	différentes membre	»	differents membres
» 9.	1e	»	§. 3.	»	4e	de Bré, et	»	de Bré; Bertrand
» »	»	»	» 6.	»	6e	Capitaine es-pais	»	Capitaine es-pays
» »	2e	»	» 3.	»	1e	Les Foncault	»	Les Foucault
» »	»	»	» 3	»	11e	ancore	»	encore
» 10.	1e	»	» 3	»	15e	Quelque fois	»	Quelquefois
» »	»	»	» 4.	»	9e	qui firent	»	qu'y firent
» »	2e	»	» 2.	»	5e	adoptée	»	adoptées
» »	»	»	» 4.	»	2e	le lion patrimoniale par des fleurs de lys d'or, et som-mes-nous également au-torisés	»	le lion patrimonial par des fleurs de lys d'or; somme-nous par suite autorisés
» »	»	»	» 5.	»	4e	Saint-Garmain	»	Saint-Germain
» »	»	»	» »	»	15e	qu'on a dù	»	qu'on a dû
» »	»	»	» »	»	20e	le nom de Foucault et dans leurs armoiries ont anco-re un lion	»	le nom de Foucault et portent encore dans leurs armoiries un lion